ANTOLOGIA POÉTICA BRASILEIRA

Poesia: varinha mágica

Almir Correia
Cyro de Mattos
Giselda Laporta Nicolelis
Iêda de Oliveira
Marcus Accioly

Coordenação
NELLY NOVAES COELHO

Ilustrações
MINGO

1ª edição

editora HARBRA

São Paulo • 2005

Direção Geral: Julio Emöd

Supervisão Editorial: Maria Pia Castiglia

Assistente Editorial: Sílvia Ricardo

Revisão de Texto: Maria Lúcia G. Leite Rosa

Revisão de Provas: Grasiele Favatto Cortez

Projeto Gráfico e Capa: AM Produções Gráficas Ltda.

Ilustrações: Mingo

Dados Internacionais de Catalogação na Publicação (CIP)
(Câmara Brasileira do Livro, SP, Brasil)

Poesia : varinha mágica / Almir Correia... [et al.] ; coordenação Nelly Novaes Coelho ; ilustrações Mingo. -- 1. ed. -- São Paulo : HARBRA, 2005.

Outros autores: Cyro de Mattos, Giselda Laporta Nicolelis, Iêda de Oliveira, Marcus Accioly.

"Antologia poética brasileira"
ISBN 85-294-0291-X

1. Poesia - Coletâneas - Literatura infanto-juvenil I. Correia, Almir. II. Mattos, Cyro de. III. Nicolelis, Giselda Laporta. IV. Oliveira, Iêda de. V. Accioly, Marcus. VI. Coelho, Nelly Novaes. VII. Mingo.

05-0940 CDD-028.5

Índices para catálogo sistemático:
1. Poesia : Antologia : Literatura infantil 028.5
2. Poesia : Antologia : Literatura infanto-juvenil 028.5

ISBN 85-294-0291-X

Rua Joaquim Távora, 779 – Vila Mariana
04015-001 – São Paulo-SP
Tel. vendas: (0.xx.11) 5084-2403, 5571-1122 – Fax: (0.xx.11) 5571-9777
Tel. promoção: (0.xx.11) 5084-2482 e 5571-1122 – Fax: (0.xx.11) 5575-6876
Endereço eletrônico: www.harbra.com.br

Sumário

ALMIR CORREIA

Poemas louquinhos 5

CYRO DE MATTOS

O menino camelô 14

GISELDA LAPORTA NICOLELIS

Quem é que paga o pato? 23
O mundo das adivinhas 25
O burro que caiu do céu 28
A vaca no telhado 30

IÊDA DE OLIVEIRA

Rodrigo e os mil e um dias 32
Carolina e a estrela 35
Leonardo e seus amigos 38

MARCUS ACCIOLY

O roçado 41
A caatinga 46
Poemeto do tecelão ou A canção tecida 47

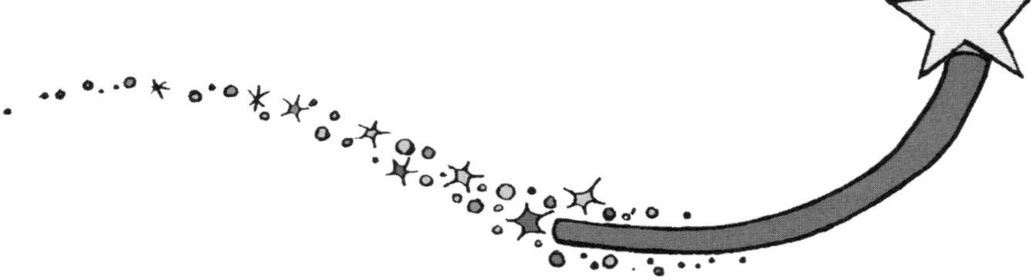

Poemas louquinhos

1. Bafos

O pato
com bafo de onça
E a onça
com bafo de pato
Não gostaram nada da galinha
que foi se chegando
com bafo de minhoquinha.

O pato
com bafo de onça
A onça
com bafo de pato
E a galinha
com bafo de minhoquinha
Não gostaram nada do ganso
que foi se chegando
com bafo de ranço.

O pato
com bafo de onça
A onça
com bafo de pato
A galinha
com bafo de minhoquinha
E o ganso
com bafo de ranço
Não gostaram nada do grilo
que foi se chegando
com bafo de crocodilo.

O pato
com bafo de onça
A onça
com bafo de pato
A galinha
com bafo de minhoquinha.
O ganso
com bafo de ranço
E o grilo
com bafo de crocodilo
Não gostaram nada do Zé Chulé
que veio mascando uma meia do pé.

2. Vamos tomar sopa

— Vamos tomar sopa
De cambalhotas
Pra contar lorotas.

— Vamos tomar sopa
De cochilo
Pra adormecer grilo.

— Vamos tomar sopa
De coragem
Pra enfrentar friagem.

— Vamos tomar sopa
De inseto
Pra dançar no teto.

— Vamos tomar sopa
De estardalhaço
Pra virar palhaço.

— Vamos tomar sopa
De estima
Pra criar a rima.

— Vamos tomar sopa
De poemas
Pra compor as cenas.

— Vamos tomar sopa
De leituras
Pra viver aventuras.

— Vamos tomar sopa
De talento
Pra ensinar jumento.

— Vamos tomar sopa
De amizade
Pra ajudar o frade.

— Vamos tomar sopa
De abraços
Pra criarmos laços.

— Vamos tomar sopa
De ovo
Pra começar tudo de novo.

3. Não sou

Não sou da sua frigideira
Então não me diga besteira.

Não sou do seu caldeirão
Então me dê a mão.

Não sou do seu tacho
Então deixe que eu me acho.

Não sou da sua caçarola
Então não venha que não rola.

Não sou da sua panela
Então não me dê chorumela.

Não sou da sua panelinha
Então este é o fim da linha.

4. Com o mico

Ninguém quer ficar com o mico
Nem no raso
Nem no fundo
Mas o mico quer ficar com todo mundo.

O mico é muito bacana
O mico só come banana
O mico namora a Ana
O mico nem quer fama.

Vamos deixar de preconceito!
Que tal conhecer o mico direito?

5. Surpresa!

O sapato entrou de sola
Na sapataria
E foi aquela alegria:

"Parabéns pra você
Nesta data querida
Muitas felicidades
E muita graxa na vida!"

6. A conversa não chegou na cozinha

Já que a conversa
Ainda não chegou na cozinha
A galinha assada
Continua quietinha.

7. Ninguém

Ninguém insulta
A Catapulta
Ninguém retumba
A Catacumba
Ninguém ataca
A Catarata
Ninguém namora
A Catapora.

8. Picar a mula

Picaram a mula
E ela ficou fula
Toda picadinha.

Alguém traga cola!
Pra montar essa mula
Que só amola.

9. Pandarecos

Pandas e marrecos
Tocam na banda
Dos Pandarecos.

10. Carona

O jacaré só quer carona
Mas carona ninguém dá
Pobre jacaré
Vai ter que ir a pé
Até Jacarepaguá.

11. De ponta-cabeça

Lá vem a passarinha
Voando com o morcego
E o que quer a passarinha?
Talvez contar um segredo.

Lá vai a passarinha
Voando com o morcego
E o que quer a passarinha?
Talvez dormir mais cedo.

12. Cachorro mordido

Vê se não atiça
Pois cachorro
Mordido de cobra
Tem medo da lingüiça.

Vê se não faz gracinha
Pois cachorro
Mordido de piranha
Tem medo da sardinha.

13. Gato

Gato de luva
É sinal de chuva
Gato de chapéu
É festa no céu

Gato de Bota
É só lorota

Gato de muleta
É só mutreta

Gato de calção
É só trambolhão

Gato de pijama
É xixi na cama

Gato de topete
É só confete

Gato de celular
É só esnobar

Gato de asa
É já pra casa

14. Viola no saco

O sapo
Meteu a viola
No saco.
O saco
Gostou da viola
Do sapo.

E juntos
Cheios de alegria
O saco foi ensacar
O sapo foi coaxar
Em outra freguesia.

15. Maria e João

Maria-vai-com-as-outras
João-fica-com-ninguém

Maria-entorta-a-boca
João-pula-do-trem
Maria-quer-se-casar
João-só-tem-azar

Maria-diz-que-não-pode
João-toca-pagode

Maria-dói-a-cachola
João-vai-se-embora

Maria-todo-dia
João-dia-sim-dia-não

Maria-primavera
João-sempre-verão

Maria-de-boneca
João-de-carrinho-de-mão

16. Varinha de condão

Varinha de condão
Faça a minha rima
Valer um tostão!
E assim todo dia
Vou viver do pão
Da poesia.

Varinha de condão
Faça o meu poema
Valer um milhão!
E assim todo dia
Vou ficar só na rede
Pirlimsemfim
Numa casa sem parede
Fazendo versos de ti e de mim.

O menino camelô

Que tal este trem?

Eu vendo este trem
por qualquer vintém:
o boi de barro
e o gostoso mamão,
as rosas com o jarro,
o gato e o cão
por uma nota de cem.
Quem ficar com a boneca
ainda ganha a peteca;
quem quiser o carrão
vá se entender com o leão!

Que tal Dom Ratinho?

Os olhinhos
espertinhos,
de focinho
alegrinho,
bigodinho
nervosinho,
de passinho
ligeirinho:
Dom Ratinho.

Quem sabe o urubu?

Parado na estaca
namorando com a vaca.

Urubu na valeta
de guarda-chuva e maleta.

Urubu na lavoura
de botina e vassoura.

Urubu no hospital
só quer doce e jornal.

Urubu na escola
dá lições de viola.

Urubu na polícia
com esperteza e malícia.

Urubu no folguedo
em seu tropeço de bêbado.

Urubu vai à missa,
vê o padre e se enguiça.

Urubu no São João
soltando bombas e balão.

Urubu na tribuna
e a todos engana.

Que tal o sapo-cururu?

Sapo-cururu
na beira do rio
com o sapo-boi
e o sapo-ferreiro
fazem um belo trio.

Sapo-cururu
na beira do rio
pega muita mosca
muito mais mosquito
menos o passarinho.

Sapo-cururu
na beira do rio
um dia foi à festa
dos bichos lá no céu.
Quando viu a cobra
deu um salto enorme
e foi cair no rio.

Sapo-cururu
na beira do rio
com essa pose tola,
esse talho na boca,
essa música rouca.
Namorando a lua,
Eu me calo e rio.

Quem quer levar um pingüim?

Os passos seus
ganhou de Deus

quando veio ao mundo.
Equilibrista engraçado,

não há quem o imite
na pose oscilante.

Usa uma rica casaca
de dia e de noite,

não aprendeu no circo
esse desfile elegante.

Que tal um urso polar e um gato angorá?

Na neve ou na chuva
o urso polar
não usa luva
nem tampouco cachecol
muito menos guarda-chuva.
Mas o gato angorá
que adora o amigo sol
fazendo cócegas no pêlo
quando está dormindo
só de ouvir falar em gelo
dá um miado esquisito
e encolhendo o rabo todo
fica morto de medo.

O cupim numa trilha sem fim

Quem te fez
tão ruim,
Seu Cupim?
Foi a pedra,
foi o pau,
foi o mofo,
tudo enfim?
Na parede,
no silêncio,
no telhado,
nos confins,
eta bicho
caminheiro,
cabecinha
de alfinete,
dia e noite
carpinteiro
onde esconde
o espadim?
Um na frente,
mil atrás,
trilha aqui,
trilha ali,
não respeita
cara feia,
casca dura,
terra seca,
galhos altos,
cerca nova,
quanto mais
se for cetim!
Foi a água,
foi a nuvem,
foi a onda,
foi segredo

de arvoredo
quem te fez
miúdo assim?
Olha lá
milmalandrim,
pode roer
meu gaiolim
só não roa
este livrinho,
que nasceu
de bem-querer,
feito flor
dentro de mim.
Mais que flor
é cançãozinha,
mais alegre
que o vento,
desfiando
som de flauta,
pelos ares
do jardim,
e que de mim
vai pela terra,
para encanto
de criança,
e encantando
encantando,
como uma onda
azul e mansa,
vai escrevendo
na areia
que ternura
não tem fim.

Quem vai querer o Bicho-Papão?

Ô, Bicho-papão,
leve a bola,
leve a cola,
leve a lanterna,
leve o cão,
leve a espada,
leve o pião,
leve a atiradeira
e o jogo de botão,
leve tudo
que é brinquedo
até mesmo o carrão,
só não leve
este menino
que vive
no meu coração!

O Amigo Folhagem

Lá vem o Amigo-Folhagem,
trazendo na sua bagagem
o verde de todas as folhas,
o verde de todos os mares.

Lá vem o Amigo-Folhagem,
pássaros cantam nas árvores,
dois pousam em seus ombros,
o sol desfia ouro pelos ares.

Lá vai o Amigo-Folhagem
na direção da Floresta,
leva bichos, Manhã e Noite
como companheiros de viagem.

Tem no Vento um velho amigo
que o acalenta quando dorme.

O Circo de Quinquim

O perigoso cão Corisco
brinca com o gato Petisco
de peteca e cabra-cega.
O macaco Cacareco
na bicicleta ou no fio
dá um tapa no mosquito
sem perder o equilíbrio.

O leão caolho, Pantaleão,
canta ópera e baião,
dança rock e marcha-frevo,
encerrando o espetáculo
com um espirro violento
que estremece o picadeiro
e faz o público assustado
ficar de olho esbugalhado,
com o cabelo arrepiado,
caladinho e amedrontado.

O anão feito um gigante
suspende até o elefante.
O palhaço Mexerico
bebe chope num penico
e no ringue entra arisco
mas na lona cai tonto
antes de a luta ter início.

Se você nunca assistiu
a cenas incríveis assim,
venha logo, venha comigo
ao grande Circo do Quinquim
e não espere até domingo.

Quem é que paga o pato?

O rato fez sua toca
lá no toco de uma árvore
e pensou todo folgado:
— Antes só, mas sossegado.

Uma ratazana, aflita,
fugindo de um grande gato,
correu pra dentro da toca
pra se esconder lá no mato.

Cadê a folga do rato?
Além de perder a toca
ainda levou um sopapo
e foi se queixar pro sapo.

O sapo, desanimado,
gemia, inchando o papo:
— Comprei sapatos tão largos
que estou parecendo um pato!

Aí o sapo e o rato
ficaram batendo papo
até que o sapo falou:
— Compadre, que tal um trato?
Você ganha duas tocas
e eu me livro dos sapatos.

— Se o aluguel for barato,
está feito – disse o rato.
— Não pechinche, seu ingrato
— disse o sapo, dando um salto.
— A casa é maior que a minha
tem até quarto e cozinha.

O rato fez a mudança
veio de trouxa e malinha
e se instalou, animado,
na sua nova casinha.

Valeu a pena o contrato:
o rato mudou de toca
e, com o aluguel, mestre sapo
foi comprar novos sapatos.

Só quem perdeu foi o gato
que acabou pagando o pato!
Não pegou a ratazana
na história entrou de gaiato.

O mundo das adivinhas

Use a imaginação

1

Tem cabo e não é vassoura
usa pasta e não vai à escola
em casa de cerca branca
três vezes por dia ela mora.

2

Tem dente e não vai ao dentista
trabalha melhor com espelho
às vezes vai de carona
pode ser até vermelho.

3

Canta bem afinado
jorra como cachoeira
para parar de cantar
basta fechar a torneira.

4

Nunca anda sozinho
está sempre com o irmão
sobe escada/desce escada
mas não usa corrimão.

5

Com dois eu fico perdido
quatro são a solução
se esqueço dois em casa
eu entro na contramão.

6

Vários amigos fiéis
sempre muito ocupados
o que um faz o outro sabe
não trabalham separados.

7

Depois de muito calor
um bom banho de água fria
com espuma bem cheirosa
nadando dentro da pia.

8

Gelado quando é inverno
Gelado também no verão
se sai de casa, derrete,
na palma da sua mão.

9

É magro mas faz regime
diminui até a roupa
trabalha com cinco amigos
às vezes o põem na boca.

10

Sirvo ao pobre e sirvo ao rico
companheiro protetor
só não me dêem confiança,
com o pé no acelerador.

11

Sou pequeno, mas abrigo
toda uma multidão
fechado, sou quase inútil
mas, aberto, um amigão.

12

Como burro de carroça
conheço caminho e atalho
se souber me conduzir
facilito seu trabalho.

Respostas:

1) Escova de dentes.
2) Pente.
3) Chuveiro.
4) Sapatos.
5) Óculos.
6) Dedos das mãos.
7) Panelas.
8) Sorvete.
9) Lápis.
10) Sono.
11) Livro.
12) Computador.

O burro que caiu do céu

Um homem ganhou na loto
e comprou um avião.
E abriu, muito animado,
empresa de aviação.

Pôs anúncio no jornal:
"Levo bicho, levo gente.
Por um preço camarada,
deixo a todos bem contentes".

Um rapaz, com muita pressa,
pois seu burro premiado
ia para um concurso
lá no interior do estado,
foi então falar com o dono
da empresa de aviação
para transportar o burro
pra grande consagração.

Combinaram hora e preço,
ficou tudo combinado;
deram injeção no burro
pra ele viajar sossegado.

Mas, no meio da viagem,
ele acordou, assustado,
dando coices sem parar.
Eta burro estabanado!

Não tiveram outro jeito:
abrindo uma portinhola,
eles despejaram o burro
como pássaro de gaiola.

Lá embaixo, um lavrador,
com muita disposição,
cavoucava sua terra
pra fazer a plantação.
Foi aí que, de repente,
quando enxugava o suor,
viu uma coisa esquisita:
"Será disco voador?"

E ficou de boca aberta,
duvidando do que via.
Estava chovendo burro?!
Pois um burro parecia!

Quem me contou essa história,
eu garanto que não mente:
com a cova já cavada,
o burro virou semente!

A vaca no telhado

Era uma vez uma vaca
muito gorda que pastava
a grama verde de um morro
e, tranqüila, ruminava.

Na encosta do tal morro
tinha uma casa encostada,
de telhado bem vermelho
e de parede caiada.
A chuva veio fininha
e virou uma chuvarada.
Molhou a terra do morro
e formou uma enxurrada.

A vaca foi escorregando,
patinando, apavorada,
e assim desceu o morro:
qual bailarina azarada!

Foi parar lá no telhado,
como baleia encalhada,
mugindo de fazer dó:
eta vaca desastrada!

A Rita, dentro de casa,
estava bebendo água;
levou um susto tão grande
que até ficou engasgada.

Telefonou pra polícia,
para o corpo de bombeiros.
Não saiu do telefone,
lá ficou o dia inteiro.

Respondiam que era trote,
mentira, tudo inventado:
"A senhora ficou doida?
Uma vaca no telhado?"

Rita ligou pro jornal
e falou com um jornalista
que acreditou na história
e quis logo uma entrevista.

E veio televisão,
veio até cinegrafista.
A vaca lá no telhado
acabou virando artista.

Só depois de muito tempo
veio o corpo de bombeiros
pra desentalar a vaca
lá no meio do aguaceiro.

Se começar a chover
e formar uma enxurrada,
olhe bem para o telhado
pra ver a vaca malhada.

Rodrigo e os mil e um dias

Era uma vez Rodrigo
Estranho como ele só
Tinha a mania esquisita
De se esconder de visita
E viver meio calado
Olhando sempre de lado.

Seus olhos só se abriam
E ele então se encantava
É quando Mariana vinha
E uma história contava.

Era rei, era castelo,
Era monstro, era fantasma
Era bicho, era pirata
Era morto que falava.

Aí, Rodrigo de lado
Ficava todo de frente
E todo seu corpo ria
Alma, olhos, braços, dentes.

E foi crescendo Rodrigo
No meio de muita história
E cada vez mais de frente
Foi ficando diferente.

Um dia Mariana trouxe
Um livro cheio de histórias
Que uma tal de Sherazade
Inventou pra não morrer
E deu nas mãos de Rodrigo
Que começou logo a ler.
Assim que abriu o livro
Rodrigo foi carregado
Com um gênio e uma princesa
Por um tapete encantado.

Voaram até o navio
Do marinheiro Simbad
Que procurava aventuras
Bem longe de Bagdad.

Ele contou sete histórias
E quando chegou ao fim
Saíram dali voando
Ao encontro de Aladim.

Foram até uma cidade
Mas Aladim não estava.
Viram um lago de ouro
E uma fonte que cantava.

Voaram então bem mais alto
Pois avistaram um gigante
A feiticeira perversa
E o bruxo dos sete montes.

E então de muito alto
Puderam ver o Aladim
E pro gênio e pra princesa
A viagem chegava ao fim.

Rodrigo então voou sozinho
Por muito reino encantado
Até que chegou a hora
De acabar a história.

Ele então fechou o livro
E começou a escrever
Mil histórias de aventuras
De contar só pra viver.

Carolina e a estrela

Era uma vez Carolina,
Menina quase feliz,
Que tinha mamãe e papai
E tudo que sempre quis.

Até uma fada-madrinha
Que vendo seu triste olhar
Chegou para Carolina
E resolveu perguntar:

— O que falta, minha menina,
Pra alegria ser sem fim?
— Queria a estrela do céu
Morando junto de mim.

É que da minha janela
Vejo sempre uma estrelinha
E conversando com ela
Fiquei sua amiguinha.

Ela mora lá no céu,
Sempre, sempre, a brilhar,
E ri pra mim todo o dia,
Convidando pra brincar.

Eu não posso, minha fadinha,
Ir lá no céu e ficar.
Queria então que a estrelinha
Viesse comigo morar.

A madrinha ouviu, ouviu,
Sem saber o que fazer.
Aí deixou o problema
Para a estrela resolver.

A estrelinha lá no céu
Tudo ouvia com atenção
E logo pensou num jeito
De resolver a questão.

Sabia que não podia
Vir pra terra para sempre,
Mas aí teve uma idéia:
Resolveu virar semente.

E então caiu do céu
Bem no meio do jardim
E virou linda boneca
Com vestido de cetim.

Carolina aí correu
E no jardim foi buscar
Sua estrela-flor-boneca
Para com ela brincar.

E foi tanta a brincadeira,
Brincadeira até cansar.
Mas aí chegou a hora
Da estrelinha voltar.

Carolina não queria
E fez beiço pra chorar.
Queria a estrela pra sempre,
Pra nunca mais acabar.

A estrelinha explicou
Que pra sempre não podia,
Que a vida é assim mesmo,
Mas dá pra ter alegria.

E fazendo ZIP-ZAP
E fazendo ZAP-ZÉU
A estrelinha foi embora
Morar de novo no céu.

Leonardo e seus amigos

Era uma vez Leonardo,
Menino quase feliz,
Que tinha papai e mamãe
E tudo que sempre quis.

Mas mesmo assim Leonardo
Só vivia a reclamar
Que não tinha nem um amigo
Para com ele brincar.

É que o nosso amiguinho
Esquecia de lembrar
Que era só fazer um amigo
Pra começar a brigar.

Era tapa, era rasteira
Era soco, era empurrão,
Por causa de figurinha,
Por causa de caminhão.

E depois de cada briga
Só restava esperar
Que surgisse um novo amigo
Para com ele brincar.

E assim eram seus dias:
Na escola, no parquinho...
Por causa desse seu jeito
Ficava sempre sozinho.

Fingindo que não ligava,
Fingindo não ter amor,
Resolveu que para amigo
Só mesmo o computador.

A partir daí então
Não tinha com quem brigar.
Amava o computador,
Que não podia falar.

E durante muitas horas
Jogava vários joguinhos.
Quando os olhos se cansavam,
Brincava com seus carrinhos.

Por muito tempo Leonardo
Permaneceu sem brigar,
Mas estava muito triste:
Não tinha com quem falar.

Resolveu então, um dia,
Pedir à fada-madrinha
Para o seu computador
Dizer uma palavrinha.

Aí a fada-madrinha,
Numa noite de luar,
Mexeu no computador,
Que começou a falar.

Quando Leonardo viu isso,
Sentiu grande alegria.
Falou com o computador
E ele lhe deu 'bom-dia'.

Ficaram por muito tempo
Os dois só a conversar,
Até que em certa hora
Leonardo quis brigar.

Aí o computador
Ficou quieto de repente,
Deixando nosso amiguinho
Bem sozinho novamente.

E de nada adiantou
Leonardo provocar,
Pois o seu computador
Não queria mais ligar.

Leonardo ficou triste
E começou a pensar
Que perder mais esse amigo
Não podia aceitar.

E então fez muita força
Pra não sentir tanta culpa,
Mas aí não teve jeito:
Resolveu pedir desculpas.

Foi com tanto sentimento,
Foi tão cheio de amor,
Que as luzes se acenderam
Dentro do computador.

Leonardo então achou
Que convinha procurar
Também os velhos amigos
Pra poder se desculpar.

Teve um medo muito grande
De ninguém lhe perdoar,
Mas todo mundo quis mesmo
Foi com ele vir brincar.

E foi tanta a alegria,
E foi tanta a brincadeira,
Que Leonardo encontrou
Amigos pra vida inteira.

O roçado

Havia neste roçado
Pedra, raiz e saúva,
Capim seco e um sol maduro,
Ausência plena de chuva.

Tudo era morto e deserto.
A fome comia a fome,
O rio só tinha areia,
A água não tinha nome.

A vida era dura e triste
Como a morte é triste e dura.
O chão somente se abria
Servindo de sepultura.

Na folhas das embaúbas
(Como o suor do trabalho)
A gente encontrava às vezes
Redondos pingos de orvalho.

Foi quando eu pensei comigo:
Ainda sou forte e moço;
— Terra, eu possuo uma enxada
Capaz de roer teu osso!

E caí de unhas e dentes
Prevendo dias felizes
Cavando o corpo das pedras
E destocando as raízes.

Transformei a minha enxada
Em foice, trator, arado,
No fim de quinze semanas
Findei de pronto o roçado.

*

Foi luta de vida e morte,
Igual à luta da guerra.
O homem que a terra come
Estava comendo a terra.

Foi luta de vida e morte,
Da qual saí vencedor:
Do ventre inchado da terra
Nasceu a primeira flor.

*

Eu tinha visto esta terra
No mais completo abandono,
Morada pelo silêncio
Que era seu cão e seu dono.

Terra pobre, devastada
Pelo sol de cada dia,
De onde os bichos desertavam
Da caatinga que morria.

Terra magra, seca e morta,
Sem sinal de plantação,
Onde os ventos penetravam
Na boca da solidão.

Terra inútil como todas
Ao seu lado e em seu redor;
E apesar de igual às outras
Era ainda bem menor.

Como eu não tinha família,
Construí uma palhoça
Com vara, embira, e palmeira,
Nas margens da minha roça.

Foi quando veio a visita
Que eu nunca pensei que houvesse
Por esta terra onde tudo,
Que tem de ser, acontece.

⁂

— Tem gente em casa? – Ô de fora?
— De quem é esse roçado?
Parece excelente pasto
De engorda, para o meu gado.
Gravei aquelas palavras
Bem dentro dos meus ouvidos
Enquanto os ecos voavam
Como pássaros fugidos.

⁂

Saí até sem camisa
Suspendendo a refeição,
E vi um homem de branco
Montado num alazão.

Seus olhos azuis-escuros
Entraram no meu olhar
Como a bala entra no corpo,
Sem contudo atravessar.

⁂

— De quem é esse roçado
Plantado na terra alheia?
— É meu, Seu Doutor, e a terra
É menos terra que areia.

— E quem lhe deu essa ordem
De cultivar terra minha?
— Ninguém. Seu Doutor, e a roça
Talvez nem chegue à farinha.

São quatro pés de mandioca
Que há muito aqui não nascia.
As sementes são só duas:
Jerimum e melancia.

Cavei quase com meus dedos
Esta terra que só dava
Parasitas sobre as pedras,
E entre as pedras planta brava.

*

O homem nada me disse.
Esporeou o seu cavalo,
Enquanto a manhã nascia
Do bico agudo do galo.

*

À terra chegou um *cabra*
No meu roçado e falou:
— Eis o dinheiro ajustado
Que o meu patrão lhe mandou.

Jogou no chão o dinheiro,
E entrou pela mesma estrada
Que tinha um jeito de cobra
Entre as colinas, deitada.

O resto saber é fácil
Sem precisar eu dizer:
O homem comprou a roça
Que eu não queria vender.

E como havia comprado
Quase de graça, contudo,
O meu trabalho perdido,
Julgou-se dono de tudo.

Até que veio de novo
Ao lado do cabra armado.
Soltar seu gado faminto
No pasto do meu roçado.

Em menos de meia-hora
Eu vi tudo acabado;
Somente o rastro dos cascos
Ficou nos seixos marcado.

A caatinga

Tudo aqui é muito simples,
Não tão simples, mas igual.
Uma história é como as outras:
Vida e morte, tal e qual.

Só que a vida que renasce
É mais nada cada vez,
Menos hora cada dia,
Menos dia cada mês.

Menos tempo cada tempo
Porque nasce já contida
Pelo tempo e se repete
Menos vida cada vida.

Menos tudo, que aprazada
Tem o pranto resumido
Que se cumpre antes do tempo
Sem o prazo ser vencido.

Poemeto do tecelão ou A canção tecida

Tece, tece, tece, tece,
Bem tecida essa canção,
Um a um, fio por fio,
Como faz o tecelão
Que fabrica o seu tecido
De cambraia de algodão.
Prende os fios coloridos
No labor da tua mão,
Tece, tece, tece, tece,
Bem tecida essa canção,
Com carinho, com cuidado,
Com silêncio e solidão.
Tece, tece, que tecendo
Cresce, cresce a fiação,
Urde as formas das estampas,
Firma as cores do padrão.
Roda a roda, tece, tece,
Bem tecida essa canção.

Noite e noite, sempre e sempre,
Nunca inútil, nunca em vão,
Dia a dia te aproximas
Mais e mais da perfeição.
Não te falte uma esperança,
Nem te falte uma razão
Que tecida por ti mesmo
Faz nascer essa canção.
Tece, tece, muito e muito,
Por dever e obrigação,
(Pois tecer é teu ofício
De poeta e tecelão).
Tece como se tecesses
Tua morte ou redenção,
Com amor e sacrifício,
Rapidez e lentidão,
Muito embora ninguém saiba
Que teceste esta canção
Com os fios do teu pranto
No tear do coração.